훗날의 오늘을

훗날의 오늘을

지현경 제4산문집

대양미디어

서문

일상의 일들을 하나씩 담아봤다.
소박한 민초들의 그림자까지도
찾아나섰다.
따뜻한 온정이 흐르는 이야기들을
모아서 그대로 담았다.
먼훗날 우리들의 이 모습을 알리고자
노력하였다.
투박한 글로 우리의 모습을 담아둔다.

2021년
옥상 정원에서

제2부 살아온 발걸음

제4부 그리운 아버지

제5부 가버린 그 날들

제1부 뜨거운 눈물

고향길

드문드문 오가는 사람마다 왠지 쓸쓸해 보였다.
고향 선산 오르는 길에는 숲이 무성하게 우거져
발길 들여놓기가 어렵다.
길은 옛길인데 작년보다 더 나무들이 울창하여 길을
막고 누워 있었다.
우리 동네로 들어서니 골목마다 반겨주시던
할머니들이 보이질 않는다.
어머니 친구분들은 벌써 저세상으로 가시고 없다.
내가 다니던 논밭 길에는 이름도 모르는 잡초까지
우거져 수북하게 자랐다.
저 멀리 고마리 앞바다에 부표들이 장관을 이루고
떠 있다.
울긋불긋 머리들만 내밀고 두둥실 파도 위에서
춤을 춘다.
나 어릴 때 고마리로 염밭 등으로 다니면서
문저리('망둥이'의 방언) 낚았던 그 자리에 철썩거리는
바닷물이 나를 보고 모처럼 내려왔으니 문저리나
많이 잡아가라고 일러준다.

해안도로를 돌아가는 곳마다 간간이 지나가는
자동차들은 숨죽이며 내 곁을 슬쩍 지나간다.
다시 우리 마을로 들어서니 이한길 이장님께서
동각(동회관)에 설치해둔 스피커로 지현경 박사님이
내려오셔서 동네 분들을 모시고 오늘 밤에 만찬이
있으니 관산 읍내로 나오시라고 소리소리 알린다.
아버지도 생전에 할아버지 제삿날이면 동네 분들을
집으로 모셔와 대접하셨다.
나도 아버지와 같이 음력 8월 17일 아버지 제사를
모신 다음 날에 동네 분들을 읍내로 모셔다가
푸짐하게 대접을 해 드리고 있다.
추석과 제사를 마치면 즉시 고향으로 내려가 선산에
가서 성묘하고 동네 분들과 함께 만찬을 치루고 왔다.
오늘따라 날씨도 청명해 마을교회 목사님께서
봉고차로 50여 명을 식당으로 모셔왔다.
우연하게도 목사님은 서울 강서구 화곡본동에
사시는 분이셨다.
작년에는 80여 분이 참석하셨는데 이번에는

50여 분이라 왠지 물어볼 수가 없었다.

이한길 이장님께서는 인사 말씀을 하시면서 박수로 나를 띄우셨다.

친구들도 한 잔 두 잔 권하면서 옛이야기로 시간 가는 줄도 모른다.

한 잔 두 잔 술잔 속에는 주름진 얼굴들만 가득 채우고 먼저 가버린 친구들을 한 사람 두 사람 떠올려 본다.

어릴 적에 객지로 떠났던 내 친구들은 한 번도 만나보지 못하고 하늘나라로 가버렸다고 한다.

남아있는 4명의 동창생은 마영국, 장기홍, 임대근, 백종필이가 있다.

갈 때마다 만나니 든든했다.

서울로 돌아오는 길에는 막내아들 병준이 1,000㎞나 단숨에 운전하고 올라왔다.

우리는 차 안에서 도란도란 이야기를 시작했다.

신용선은 경기도 병점에서 새벽 3시에 강서구 우장산동 우리 집에 도착, 차를 주차해두고 내 차로 김양흠,

서영상과 넷이서 새벽 5시에 고향으로 떠났다.
기왕 내려갔으니 시골 여기저기를 돌아다녔다.
정남진도 가보고 조형물을 배경 삼아 사진도 찍고
높은 전망대에 올라가 커피 한 잔 하면서 다도해
섬들을 쌍안경으로 구석구석 뒤져봤다.
지는 해 따라 덕도 대리항 포구에 들어가 고향 술
잎새주로 낙지, 활어를 맛있게 먹고 옛날을 회상하며
다시 관산 읍내로 향했다.

버려진 농촌

초라한 모습으로 흩어진 들판에 서서 돌아보니 내
가슴이 아프다. 굶주리며 일궈냈던 괭이 끝에서
우리는 눈물을 흘렸다.
가는 곳마다 빈 논과 밭들, 주인 잃은 농토인가
사람 없는 시골인가?
어느 사람을 쳐다봐도 활기가 없다.
만나는 사람마다 웃는 모습은 볼 수가 없고 왜소한
그 모습들이 무엇을 말하는가!
농촌의 사는 모습들이 왜 이렇게 되어버렸을까?
피폐한 고향 땅이 수렁 속으로 빠져든다.
여기저기 빈 논밭에는 잡초만 무성하고 옥토가
잠을 자니 미래가 어둡다.
주인 잃은 논바닥에는 피살이들이 춤을 춘다.
갈수록 외면당한 들판이 늘어만 가는데 농어촌도
수자원도 대한민국 정부도 이름뿐인가!
지나가는 높은 분들, 양반들이 거지들 보고 그냥
지나가는 꼴이 되었네.
어찌할꼬? 어찌 될꼬? 우리 살 곳이 어디인가?

나를 지켜주셨네

뜰안에 꽃은 가꾸면 예쁘게 피고 친구들은 자주
만나야 친해진다. 일가친척도 만나야 생각나고
한동네 사람들도 조석으로 만나면 더욱 살가워진다.
살아가는 데는 이렇게 끈을 맺고 산다.
걸어온 천리타향 서울에서 처음 만난 귀한 분들이
소리 없이 나를 지켜주셨다.
2019년 10월 3일은 개천절 날이다.
내일은 남재희 전 장관님과 만나는 날이다.
가끔 기쁜 소식들을 골라 한 줌 쥐고서 만나기도
한다. 며칠 전 추석을 보내고 고향 선산에도 다녀왔다.
그러던 중에 내가 먼저 전화를 드렸어야 했는데
장관님께서 더 빨리 번개를 치셨다.
열 명 정도 모이면 어떨까 하셨다.
모 잡지사에 기고하신 글이 책으로 나왔다고 하셨다.
좋은 글자랑 하고 싶은 것이다. 기대된다.
열한 분이라 서로 날짜가 걱정되었다.
다급하게 김병희 전 문화원장님께 전화를 걸었다.
날짜를 10월 3일로 정해주셨다. 장소는 호경빌딩

옥상 하늘공원에서 오후 6시로 정했다.
하늘공원 이름도 남재희 전 장관님께서 지어주셨다.
나는 참석 하실만한 몇몇 분들을 전화로 물어봤다.
그중에 말씀을 재미있게 하실 분이면 더 좋겠다고
생각했다. 화두를 꺼내놓으시면 받아서 푸는 재미도
있어야 쏠쏠하다.
그래서 남재희 장관님과 함께 모실 분이 국제 펜클럽
김종상 고문님, 한글학자 오동춘 박사님,
한국문인협회 이광복 이사장님, 강서문인협회 김성열
고문님, 강서문인협회 조남선 회장님, 강서문인협회
송훈 사무국장님, 김병희 전 문화원장님, KC대학교
이길형 총장님, 한국당 강서 갑 지구당 문진국
국회의원님, 김기철 전 서울시 시의원님을
모시기로 하였다.
하늘공원에서 작년에 남겨두신 이야기도 마저
나누시고 올해 신작품도 꺼내놓으시면 재미가
한결 넘치겠다.
작년에 나누시던 이야기도 올봄에 라일락 향기와

함께 못 푼 보따리 숙제도 이번 기회에 정리하시면
더욱 좋겠다. 하늘공원에는 주렁주렁 매달려
익어가는 사과가 손님 모시기에 바쁘다.
작년 10월에 소국(작은 국화꽃)이 필 때도 해가 저무는지
몰랐다. 올해는 방울 사과가 무르익어가는 공원에
앉아 와인 한 잔 나누면서 이야기꽃으로 세월도
잠재워볼까 한다.
곁에다 발렌타인 30년산도 친구 해 드리고,
지난달에 친구 10명과 함께 중국 칭다오(청도)
국제한국상공인 지도자대회에 3박 4일 동안
참석하고 돌아오는 길에, 중국 청도 성장께서 시진핑
주석이 즐겨 마신다는 귀한 술 한 병을 김정록 전
국회의원님께 선물로 주신 것을 다시 나에게
주셨다. 이 술도 참여시켜 볼까 한다.
김정록 전 국회의원님께서는 외국 나가시고 없어
주인 잃은 술 혼자서 대접을 할 판이다.

우O선 고문님

오랜만에 뵈니 반가웠습니다.
고문님 쉬엄쉬엄 걸어갑시다.
산천이 푸를 때는 보는 이마다 기운이 납니다.
하지만 내 몸 가면 무슨 소용이 있습니까?
내가 아끼던 차도 오래 타면 싫증이 납니다.
가을이 오면 찾아온 벌과 나비도 가고
뭇 발길도 뜸해집니다.
눈, 귀 어두워져 가니 오는 전화도 멀어지고
나무 밑에 낙엽 치우는 이도 없습니다.
건강해 보이고 손에 쥔 것 있어도
아무 소용이 없습니다.
안개 속에 그림자일 뿐입니다.
고문님!
사업은 더 늘어가지만, 손과 발은 더디어집니다.

아쉬운 시간

밝은 달빛이 하늘공원에 소리 없이 내리고 4인조
색소폰 소리로 음률 따라 나누는 이야기꽃은 영원히
잊지 못할 것입니다.
오동춘 박사님이 큰 목소리로 역사 이야기와 정치
평론까지 줄줄 흘러넘치셨습니다.
시간이 너무나도 아쉬웠습니다.
오늘 날짜는 김병희 전 문화원장님께서 천기를
손에다 쥐고 정해주신 날짜입니다.
고급 양주도 가져오셔서 넘치게 채워 주시고
선물까지 참석하신 모든 분께 들려주셨습니다.
그 기운이 달빛 별빛과 함께 옥상정원에
뿌려졌습니다.
본래 시작은 남재희 전 장관님께서 벌리셨습니다.
나는 그저 후배 서영상과 초라하게 순비를
해 보았습니다.
일식으로 저녁상을 차리고 작게 만든 치즈와 한과로
안주를 대신해드렸습니다.
KC대학교 이길형 총장님께서 금세 밖으로

나가시더니 손수 커피를 사들고 와 팔순이 훌쩍
넘으신 세 분의 논객님을 위하니 자리는 더욱더
훈훈한 자리가 되었습니다.
선배님들의 고귀한 말씀을 들을 때마다 흘리지 않고
들으니 노객님들이 흥이 나셔서 역사와 정치를
열강으로 멋지게 풀어나가셨습니다.
후배들의 간식으로도 보약으로도 살이 되게 듬뿍듬
뿍 채워 주셨습니다.
감사드립니다.

강서구 호남향우연합회
한마음체육대회

입상식 마치고 바로 사무실로 돌아왔다.
갈수록 서글퍼진다.
옛날 그 모습은 찾을 수가 없고
늙어간 내 모습도 돌아볼 수가 없다.
사무실에 김양흠과 둘이서 추억만
회상하니 옛 모습이 어린다.
그 시절 나를 돕던 내 친구들 지금은 저세상에서
기다리고, 동네마다 흩어진 마음들을 주워 담아서
모아두니 후배들이 잘도 끄는구나!
시간은 가고 나도 따라가니
멈출 수 없는 세월을 누구에게 마음 줄까!
100년 1,000년 후에 오늘 우리를 누가 말할 것인가?
끝없는 미래로 희망을 싣고 가세!
강서구 호남향우연합회가.

사라진 구들방

깊은 산 중턱에서 파오는 구들장 한 쪽 두 쪽
선별하여 화강석 돌을 떠 왔다.
크고 작은 돌판이라 두께도 5~10㎝ 내외다.
머슴들은 큰 돌판 나는 작은 돌판
6자~12자 방에다가 알맞게 가져와서 깔아놓고
황토를 바른 후에 건조를 시켜놓았다.
다 마른 구들방에다 군불을 때면 아랫목은 두꺼운
돌로 윗목은 얇은 돌로 고르게 따뜻해서
우리 아버지 몸살 푸시었다.
화강석 돌 속에는 이로운 기가 들어있었다.
어혈도 풀어주고 피로도 풀어주었다.
약보다 더 빠른 치료가 구들방이 최고였다.

뜨거운 눈물

뜨거운 눈물이 여기 또 있다.
힘들고 괴로울 때 외로워서 울고, 부모 잃고
슬퍼서 눈물 흘렸다.
그러나 또 눈물이 난다.
못 배운 것이 한이 되어 눈물이 난다.
인생일대 사는 것이 모두가 눈물이었다.
하는 일마다 보는 것마다 글을 몰랐다.
여든이 넘도록 말 한마디 못하고 살았다.
거리에서도 병원에서도 눈이 없었다.
힘들고 답답해서 많이 울었다.
그러나 또 눈물을 흘렸다.
자식 낳고 길러서 출가시킬 때 울었다.
한없이 기뻐서 눈물이 났다.
인생이란 이런 거야, 이렇게 사는 거야!
죽기 전에 한 번이라도 글을 배우고 싶었다.
학교 문 앞에서 망설이다가 여든이나 되었다.
한글을 배우고, 구구법도 배우고,
이름 석 자 쓰는 것이 이렇게도 좋을까?

기뻐서 한없이 나 혼자서 울었다.
선생님께 편지 한 장 쓰니 눈물이 난다.
나 이제 죽어도 여한이 없다.
세상에 태어나서 못 배운 것이 글이었다.
가난 속에 허덕이며 입에 풀칠도 어려웠다.
이 생 저 생 살아도 글을 배워야 산다.
이 눈물도 울고, 저 눈물도 울고,
기뻐서 울고 슬퍼서 울었다.
인생살이가 이런 것인가 눈물이 나네.

＊ 방송 중에 어느 할머니가 하신 말씀

기다리는 5총사

별을 헤아리며 녹지 숲에 앉아 소곤소곤 나누는
정담들이 백 년을 기약했다.
날마다 풀잎, 꽃잎들과 속삭이며 만지작만지작
이야기도 한다.
5총사(저자, 박병창, 김양흠, 서영상, 전봉운)는 늙는 게
아쉬운 건지 틈나는 대로 모여앉아 주워온 꽃담들을
꺼내놓고 골라가며 다듬는 이야기들은 고소하고
꿀맛이다.
지난날 비껴갔던 우리들의 삶도 물로 닦고 씻어서
꺼내놓으면 그야말로 명연설이었다.
사랑 이야기도, 돈벌이 이야기도 들을 만했다.
일흔이 저만치 가버린 우리가 찾아낸 과거의 흉과
흠들이었다.
요즘은 떠들썩한 조○ 전 법무부 장관 이야기도 한 잔
술에 녹여 내면 술맛이 더욱 부드럽다.
이런 날들이…….
오늘은 강원도 삼척시 가곡면 탕곡리 등산로에 50
시인의 50개 목시비가 서 있는 곳에 간다.

내가 쓴 시 「절벽의 노송」 한 수를 공원에다 세워두고
함께 제막식을 한다.
오전 10시 행사라 아침 6시에 집을 나섰다.
즐거운 추억과 인생 한 구절도 강원도 삼척시
탕곡리 절벽에 남겨 볼까 한다.

절벽의 노송

산허리 휘어 감고
우뚝 서 있는 저 노송
태초의 절벽을 정원 삼아 서 있네

거치적거림 없는 위아래
명당으로 여겼기 때문인가

아침 햇살 맑은 공기
살갗을 스쳐 가면
온종일 생기 얻어 천년을 준비한다

비바람 몰아쳐도 넘어지지 않았고
폭설이 쏟아질 때 묻힐 일이 없었으니
죽음 모르고 산다한들
가로막을 걱정 하나 없네

젊은 시절

내 목소리 떠난 자리에 색소폰이 울었다.
목이 터지라고 노래 불러도 소리는 안 나오고 가슴만
터지니 나를 위해 사중창단 색소폰이 울었다.
흘러간 세월 인생의 오솔길이 발목을 잡더니
어젯밤에는 밴드 소리는 고운데 나는 어딜 갔나?
병원 의료사고로 2010년 황천은 고요했다.
다시 돌아와 숨을 쉬니 어젯밤이
2019년 10월 31일 오후 6시였다.
여기까지 무탈하게 왔다.
남은 시간도 아껴 가면서 보람 있게 쓸 것이다.
인연 닿는 모든 분들 건승을 빕니다.

어머님 얼굴

먼 길 오신 분께는 차비를 준비해서 드리라고 하셨다.
봉투를 들고 오신 분이 있을 때는 더 보태서 드리라고
하셨다.
어려워서 실천을 다 못할 때는 최소한의 성의는
보이라고 하셨다.
먹고 살기가 어렵던 시절에는 잡곡 한 되라도 싸서
가실 때 손에다 꼭 쥐여 드리던 어머님의 모습이
보입니다.
어제 행사에 출판사 대표님께서 봉투를 들고 오셨다.
다시 봉투를 바꿔서 그 속에다 더 보태서
담아 드렸다.

만나는 사람들의 이야기

들고 나고 날마다 만나는 사람들 마음도 주고 선물도
주고 셀 수가 없다. 많은 사람을 만나면 사랑을 나눈다.
반갑게 기분 좋게 나누는 이야기들은 하늘을 찌른다.
잘 있었어? 별일은 없었지? 그동안 사업은 어떤가?
사업이 바빴어! 멀리 여행 좀 다녀 왔지!
누구는 고향 갔다 왔다고 한다. 누구는 집안에 우환이
있어서!
가족 자랑, 손자 자랑, 속상한 아픔도 이야기하고
돈 문제로 급하다고 대출 좀 도와달라!
옛날에 사귀던 여자 친구 이야기도 애인인지 친구인지
두루뭉술 자랑한다. 친구들 한마디가 끝이 없었다.
한잔하자! 점심시간 비워둬! 저녁 시간은 어때?
정치인들 이야기, 시국 이야기, 각양각색의 아픈
사연들까지 나누면 하루가 짧다.
이런저런 기쁨과 슬픔이 공존하며 끝이 없었다.
나의 삶도 비교하며 역경들을 조명해 본다.
나의 흠 자국도 끝이 없었다. 즐거웠던 시간은 감춰져
버리고 보이는 것은 힘들었던 질곡의 연상이었다.

나 자신 살아온 아픔도 기쁨도 비추어보면서 찾아온
사람들의 사연도 들어주고 나누는 시간에 하루해가
짧다. 더 배우고 더 경험 쌓았더라면 인생을 더욱더
즐겁게 살아갈 것을! 후회도 해 본다.
한세상 같은 길을 걷는 우리인데 아픔을 상의할 때는
마음을 잡아주고 속을 태울 때는 조언도 해주었다.
그래도 많은 경험이 나를 기쁘게 했다.
보람을 느낄 때는 한없이 기뻤고 누구의 길을 잡아줄
때도 기쁨이 넘쳤다.
어려운 문제들을 풀어주지 못할 때는 밤잠을 설치며
같이 고뇌도 했다.
우리들의 삶이 이렇게도 힘들까?
끝없고 한없는 길을 서로 손잡고 이야기하며 풀어갈
때가 기뻤고 짬이 날 때면 책꽂이를 뒤져가며 몇 장
들춰 찾아보고, 지나갔던 아픔들도 글 속에서
설명해주었다. 모두가 감격의 눈물이었다.

동촌 친구들

2019년 5월 26일 동진 뷔페에서 고향 동촌마을
사람들이 모이는 자리에 빠진 이 사람이 깊어가는
늦가을 밤에 몇 자 보냅니다.
가끔 천영기와 전화는 하지만 여러 친구와
얼굴 본 지도 오래되었네요.
공원이 형님도 성만이 형님도 잘 계신지 궁금하고
옛 추억 그리워서 글을 써 봅니다.
촉촉하게 내리는 비는 고향을 부르고 흙냄새
풀 냄새는 어린 시절을 회상하네요.
골목길 돌아 돌아가며 밤을 새우던 그 옛날 어린 시절
추억들만 스쳐 지나가고 지게 통발 두들기며 산길을
내려올 때 무겁던 나뭇짐은 지금도 잊지 못해
그 시절이 그리워집니다.
친구들은 뿔뿔이 헤어져 어디에 사는지도 몰라
소식조차 멀어져 가고 나도 늙어 돌아보니 친구들이
그리워져 세월도 가고 우리도 늙었으니 언제
만나볼까 마음뿐이네요.
생고구마 캐 먹고 소 꼴 베던 우리인데 지금은

그 자리 찾아볼 수가 없네요.
가끔 가보지만 자주 보이시던 분들이 안 보이고
반겨주시던 어머니 친구분들도, 동네 앞길 막아놓고
참깨 털던 그 손들이 다 떠나셨다 하시는구려.
내 또래 친구 해동이 형, 종실이 형, 일생이 형,
경남이 형, 길원 동생, 종수 동생, 한길이 동생,
영모 동생, 동실이 당숙님, 현규 형님, 정기 형님
그리고 선후배들도 만나보고, 서울에 살던 영국이가
내려와서 고향 지키니 더 반갑고 든든합니다.
그나마 내 가슴에는 부모님 선산이 고향 나 살던
동촌 뒷산에 모셔져 있어 많은 위로가 됩니다.
내가 다니던 길 따라 낯익은 풀잎들을 만져 보면서
무거운 발길 돌려 서울로 올라왔습니다.

실수

어린 시절이었다. 아무것도 모르고 살았다.
부모님 가르침만 보고 듣고 배우면서 살았다.
시골살이는 농사일에 바빠 일손이 부족했다.
학교 갔다 오면 즉시 집안일하고 소먹이로 나갔다.
어느 날이었다. 어머님이 말씀하셨다.
일하시다가 손가락과 팔목을 다치셨다고 하셨다.
계속 시큰거려 일하기가 힘이 드시다고 하셨다.
그때 동네 아는 분이 오셔서 팔목 다친 데는 구리(동)
가루를 갈아 먹으면 좋아진다고 하셨다.
즉시 구리(동) 한 개를 구해와서 줄 칼로 깎았다.
위험한 줄도 모르고 연필 깎듯이 깎아서 드렸다.
어머님은 샘물을 떠다가 구리 쇳가루를 잡수셨다.
50년이 지나 사고가 났다. 늘 속이 아프셨다고 하셨다.
아무것도 못 잡수시고 누워계신다는 연락이 왔다.
즉시 여동생을 보내서 서울로 모셔왔다.
대학 병원에 입원시켜드렸다.
검사 결과는 쓸개주머니가 막혀 곧 터지기
직전이라고 하였다.

과거에 내가 위험한 줄도 모르고 구리 쇳가루를
갈아 드린 것이 화근이었다.
그때 그 일로 생길 수도 있는 것이라고 의사 선생님께
들었다.
그래서 지금도 생각이 난다. 어머님은 고통 속에서
사시다가 대수술을 받고 한 달이나 못 일어나셨다.
후에 회복하시어 사시다가 1995년 10월에
돌아가셨다.
무지한 나의 잘못이 지금도 떠오른다.

콩 속의 연가

찾아간 콩알 속에 깨진 콩 조각, 썩은 것도 있고,
먼 것도, 귀 나간 것도 자리 잡고 섞여 있다.
찾고 또 찾고 뒤적이다가 못생긴 작은 콩알 하나
줍는다. 글 속에서 글을 찾다가 글을 못 찾고
함께 속을 들어가서 또 찾아본다.
여물이 덜 찬 놈은 울고 있었다.
얼마나 물 한 방울에 목이 탔을까?
말 못 한 곡식들도 못난 주인을 만난 탓이었다.
깨알 보고 나를 보고 우리를 보고 돌아서서 찾아간
곳이 양귀비 씨방이었다.
여기저기 들썩이며 머리 내미니 수만 개 수억 개라
틈새가 없었다.
이것이 뭣이여! 꿈속이 아닌가?
길도 없고 빛도 없어 어둠뿐이었다.
눈곱만한 양귀비 씨가 그렇게도 작은데
더 깊은 우리네 삶의 진리는 어디쯤 있는가?
찾고 또 파고들어가 봐도 길을 못 찾겠다.
무식한 인생이라 참 멍청하고 우매하구나.

제2부 살아온 발걸음

지난 기억

저승길 문 앞 대기소를 서성이다가 호흡기 달고 함께
되돌아 나왔다.
숨쉬기 위해 목을 뚫고, 위도 뚫어 줄줄이
생명줄을 달아 놓고 침대에 누워 있었다.
여기가 삼성서울병원이었다.
언제 오셨는지 이청우 큰스님이 내 앞에 와 계셨다.
살며시 눈을 뜨니 바라보시던 스님께서
"지의원 안 죽어!" 하셨다.
나는 기력이 다 떨어져 실낱같은 미소로 답했다.
목을 뚫어, 배 위도 뚫어 줄줄이 줄을 달고 다녔다.
이 병원 저 병원 5개 병원을 석 달 동안 돌아다녔다.
재활치료도 하다가 퇴원하였다.
그때가 2010년 8월이었다.
퇴원한 후에도 1년 동안 목에 호흡기 치료기구를
삽입하고 위에도 영양 공급을 하기 위해서 또 줄을
달고 다녀야 했다.
숨이 찰 때는 기구를 열어 숨을 쉬었다.
나는 힘들어도 용기를 내서 운동장으로 나갔다.

축구 동우(同友)들과 함께 운동장을 돌았다.

걷는 것도 숨이 차올랐다. 살기 위해 몸부림쳤다.

한 발 두 발 걷고 쉬다 또 걷고 숨이 곧 끊어질 것만

같았다. 며칠을 나가 돌다가 축구화를 신었다.

서 있는 곳에서 공이 오면 차 봤다.

뛰질 못했다. 한 번만 차도 숨은 하늘 끝까지 차올랐다.

쓰러지면 죽는다. 그러나 죽기 살기로 뛰어 봤다.

동료들이 바라보고 있었다.

의료사고로 폐에 피가 들어가 숨을 못 쉬고 사경을

헤맸다. 나를 살려내신 분은 이대목동병원

호흡기내과 과장님이셨다.

이 생명 다할 때까지 잊을 수가 없다.

문병 오신 많은 지인님께도 감사와 고마움을 전한다.

많은 분의 정성과 사랑의 기운이 나를 끌어내 주셨다.

사람은 이렇게 살아가는 것인가?

잠자는 기억들이 가끔 일어나 말을 건다.

힘들게 살았다고.

허공을 바라본다.

2019년 11월 25일 새벽 1시다.
강원도 강릉시 괘방산 자락 등명락가사 이청우
큰스님 생각이 난다. 스님과 어떤 인연일까?
전생이 아닌 후생에도 또 만날까?
사는 것이 영상 속과 같다.
이것도 저것도 버리고 오늘을 즐겁게 날마다 기쁘게
조심조심 많은 사람과 또 만나면서 이야기하고
남아있는 열정을 마지막까지 불태울 것이다.

나와 인연

1967년 8월 중순 나는 서울시 중구 예관동에서
살았다. 친구들 틈에 끼어 곁다리 신세였다.
일이 있을 때는 함께 도와주고 있었다.
몇 달을 지냈다. 빈 시간이 많았다.
그때마다 놀지 않고 회사 안을 살피며 청소를 했다.
그 틈에도 사장님 지프를 닦아가며 차를 배웠다.
이것이 처음 타보는 자동차와 인연의 시작이었다.
새 나라 자동차, 퍼블리카, 삼륜차, 포니2도 타보고
뉴코티나부터는 내 전용차였다.
많은 자동차와 인연을 맺었다.
이 차 저 차도 함께 하다가 가벼운 접촉사고도 나고
브레이크 파열도 되고 수많은 사고가 일어났다.
어느 때는 엑스큐를 타고 강원도를 누볐고, 쌍용차
코란도를 타고 누볐던 많은 추억이 서린다.
아끼던 자동차가 고장이 나면 이별하고
다시 또 살 때는 전에 타던 차가 생각이 났다.
지금은 어떻게 되었을까? 곰곰이 생각해본다.
이런 것이 추억이 아닌가? 나와 함께 하다가

헤어졌으니 말이다.

차를 바꿀 때도 사람과 헤어질 때처럼

섭섭하고 그리웠다.

화분에 가꾸던 꽃도 정원에 심어둔 나무도 모두가

내 손때 묻은 것이라 항상 생각나고 그리웠다.

산다는 것이 이런 것인가?

지난날들을 또 생각해 본다.

축 처진 삶도 있었고 활기 넘치던 시절도 있었다.

젊음을 발산할 때는 무서운 것이 없었다. 힘이 넘쳤다.

날 것 같았다.

그때 그 시절은 잠깐 왔다가 슬쩍 가버렸다.

그 시간이 평생 일할 나이였다.

하나 빼먹고 살아온 것은 청춘 애정 이야기다.

사랑이 뭔지 깊이 빠져보지 못했다. 지금 생각하니

후회뿐이다.

사랑하고 연애하며 살아 봤으면 얼마나 좋았을까!

기분 내주는 자동차와 함께 달려봤으면!

이놈아!

나를 불러 세우셨다.
"네 이놈 서울은 왜 왔나?"
옛 어른들이 물어보신다.
"네 이놈 부모 밑에서 농사나 짓고 살지 여기 서울에
왜 왔나?"
귓전에서 말씀들이 들려왔다가 사라진다.
고향의 밤은 고요하다.
우리 동네 어른들의 말씀이 들린다.
소년 시절 친구들과 공부는 안 하고 사방을 누볐다.
들로 산으로 이웃 마을로 싸대고(누비고) 다녔다.
우리 아버지와 동네 어른들이 우리 집 모방에
모여 앉아 날마다 이야기하시던 말씀이 들린다.
생생한 그 말씀들이 지금도 나를 가르친다.
2019년 12월 5일 문학미디어 문학 작가상으로!
훈교의 말씀들이 나에게 상으로 돌아왔다.
"열심히 공부하겠습니다."
무릎 꿇고 대답하였다.

오늘 이야기

가끔 다니던 길이었다.
아파트 바닥 돌이 파여 있었다.
어느 날 자루에다 벽돌 몇 개 싸 들고 가서
깨진 바닥 돌을 끼워 고쳐 놓았다.
바라본 주민들이 모여들었다.
늦은 밤 어둠 속에 길을 걸으면
지나가는 사람도 달리는 자전거도
넘어져 다치면 안 되니까.

더듬더듬 주름진 내가

더듬더듬 밤과 싸운다. 아무도 없는 조용한 거실에서
잠든 밤과 한판을 벌인다.
꾸역꾸역 기어 나오는 옛 생각들이 오늘 밤에도 백지
한 장을 채운다.
어제는 민용태 교수님 축사도 시원하게 듣고 박명순
문학미디어 대표님의 인사 말씀도 들어보고
작가상도 받았다.
나는 한마디 던졌다.
'글 쓰는 사람들은 글 꼬리 쫓아가고 일하는 노동자는
품삯이나 따진다.'라고 시 한 수 던졌다.
글쟁이들은 우리 말과 우리글 12,768자도 소화하지
못하면서 알지 못하는 외국어를 섞어서 말하는
선비들에게 직격타를 날렸다.
참석자들이 쳐다보았다.
글쟁이 교수님들을 앞에 두고 말로 건방을 떨었다,
역겹다고 하였다.
글 꼬리나 쫓아간 우리가 아닌 우리가 되자고 하였다.
일도 못 하면서 품삯만 더 주라고 따진 우리가

부끄럽다. 이렇게 사는 것이 한심스럽다.
오늘도 사람들 속에 뒤섞여 꼬무락꼬무락 꿈틀거려
본다.
살아온 내 모습이다.
어제 나는 나를 내놓아 보았다. 상품이 되는지!

살아온 발걸음

촌놈이 서울 와서 두리번거렸다가 철근 다발 들고
6년을 상하차하고 곧바로 철근상회 사장이 되었다.
피나는 노력으로 인정받아 사업을 배웠다.
처음 사장이 된 나는 신용이 밑천이었다.
신용하나 믿고 시작했다.
많은 경험으로 사업을 실수 없이 잘 운영하였다.
서울 장안에 몇몇 안 되는 철근상회가 나를 지켜봤다.
손꼽아 10곳도 넘지 않았다. 그중에는 이북 출신들이
다 차지했다. 나도 그 밑에서 장사를 배웠다.
사장님들은 세밀하고 빈틈이 없었다.
손님을 대할 때는 겸손하고 친절했다.
내가 나가서 사장이 되니 말을 올려주셨다.
절대 반말은 하시지 않았다. 예의가 바르시고
점잖으셨다. 불쾌한 욕지거리도 하지 않으셨다.
그 밑에서 철저한 상술교육을 잘 받았다.
자신 있게 배워서 사업을 시작하였다.
사업은 잘 풀려 기반이 잡혔다.
서울 장안에 젊은 총각 사장이 탄생하였다.

감히 그 시절에는 엄두도 못 낼 때였다.

자본금이 많아야 했다. 나는 자신이 있었다.

돈은 없어도 신용이 돈이었다.

내가 처음 취직한 곳이 이북 출신 김치엽 사장님이었다.

사장님 형제는 8봉이까지 있었다. 형제 중 다섯 분이나 철근 장사를 하셨다.

그중 한 분 밑에서 열심히 배우고, 또다시 네 번이나 회사를 옮겨 다니면서 속속들이 배웠다.

많은 경험을 쌓고 사업을 시작했다.

그 시절에는 수표 부도가 밥 먹듯 하였다.

나는 배운 대로 조심조심 운영하면서 크게는 물리지 않았다.

그동안 나와 거래해주신 많은 사장님과 단골분들이 도와주셨다.

살아오면서 힘들었던 일과 자랑거리도 많이 있었다.

오늘이 있기까지 아무것도 없는 나를 믿고 도와주신 분들께 감사드린다.

작아져 간다

앉아 있으면 편하다.
잠은 오는데 누워 있으면 숨이 차서 숨쉬기가 이렵다.
한순간 사고로 이렇게도 고생인가?
잠깐잠깐 누웠다가 또 잠깐 앉았다가
언제까지 이렇게 살아가야 하는가?
한 번의 사고로 열 번 백 번 고통 속에 날을 샌다.
소파에 앉아서 물 한 모금 목을 축이고
밤마다 날마다 시간 따라 작아져 간다.

나의 즐거움

나는 날마다 친구들 만나는 재미로 살아간다.
선배님도 후배들도 만나면 반갑고 기쁘다.
나이 들고 일손 놨으니 할 일 없고
남은 시간과 싸우면서 즐기며 살아간다.
틈틈이 토막글 읽고 짬짬이 흘러간 음악 소리
들으면서 날마다 즐거운 날 시간 시간 반갑게
만나면서 나누는 정담도 주고받고 늘어가는
내 주름살 붙잡으려 애쓴다.
특효약은 또 있다.
보약 중의 보약은 산삼도 아니고 홍삼도 녹용도 아닌
술 한 잔이 낙원이다.

끊어진 기억

기억 속에서 나를 찾는다.
고친다고 살린다고 사용했던 몸뚱이를
진통제, 마취제, 항생제, 해열제, 영양제로
엑스레이, 엠알아이, 씨티, 초음파, 청진기로
온갖 것들을 내 몸에다 갖다 대고 고생시켰으니
내 몸뚱이가 성하겠는가!
살다 보면 이런저런 일도 다 겪어야 했으니 말이다.
주사로 죽었다 살았다 반복을 했으니
살고 죽고 사는 것이 별것 아니다.
일생일대 몇 번씩이나 겪어 본 사람들은
기억들이 아물아물할 것이다.
끊어진 필름처럼 가끔 지워지다가 살아난다.
이것도 노환이다, 망각이다 하는데 약 독이라
억지로는 안되나 보다.
어린 시절에 총명했던 기억들이 손과 발 사이로
빠져나가 버리고
바둥거리며 살았다.
고장난 벽시계처럼 멈췄다가 다시 돌아가니 말이다.

한 번 보면 잊지 않고 두 번 보면 박사라 했는데
어린 시절 그때가 그리워진다.
남달리 잽싸고 발 빨랐던 순간의 기억들
순간순간 찾아낸 기억들이 지금은 아물거린다.
사람 속에서 사람을 찾는 격이다.

투명 유리눈

거사로 출발하여 박사가 되고
지나간 길 만큼에서 법사도 되었다.
어딘가에 바라보면 예사롭지가 않았다.
느낀 대로 말을 하면 큰일이 생겼다.
웬만한 마음들은 속이 다 보인다.
쓸만한 사람은 사랑이 넘친다.
물속의 고기떼는 끼리끼리 놀듯이
사람 때가 묻은 사람들은 한 번 보아도 반가웠다.
냄새 풍기는 그 사람들은 물과 기름이었다.
이리저리 삐져나가니 외톨이로 살다가
해 질 녘에 들어보면 깊은 잠 들었다고 하는구나.

친한 친구

마음으로 나누는 대화가 웃음으로 꽃이 되어 피어날 때
우정은 깊어만 간다. 흐르는 강물 따라 가듯이 싹 트는
사랑도 꽃이 되어 피고 지고 열매를 맺을 때 인생은
값진 삶을 살고 가는 것이다.
가다가 시들어 한 잎 두 잎, 잎이 떨어지면 슬픈 인연
되어 떠나고 다시 만나 돋아난 새싹은 튼튼하지 못해
오래 맺지 못한다.
깊고 높은 우정들이 쌓이고 쌓여서 황혼으로 질 때까지
함께하는 친한 친구들이 있어 우리들의 삶이
살찌고 행복한 것이다.
어쩌다가 친한 친구가 돌아서면 길가에 나부끼는
종이쪽이 되어 바람과 함께 사라진다.
우리들의 삶과 행복이 봄에도 여름에도 낙엽 지듯이
존경과 사랑을 외면할 때 그들과는 우정이 멀어지고
착잡한 가슴으로 지나간 추억들만 회상하며 바라본다.
우정과 사랑이 세월 가도 변하지 않고 손을 꼭
잡아주면 우리는 행복한 삶을 이룰 것이다.

대농의 꿈

불그스레 저녁노을이 끌고 온 가뭄
농사꾼 머리 위에는 파란 하늘 반짝이는 별빛뿐이다.
보고 또 보고 하늘을 보고
논밭에 나가 시들은 콩잎 하나 따 들고 한숨 짓는다.
사계절 살기 좋은 우리나라가 1967년 5년 가뭄으로
살 수가 없었다.
밤이 되면 초롱초롱 반짝이는 별을 보니
아타카마 사막의 나라가 떠 오른다.
맑은 날이 세계에서 제일가는 아타카마 사막인데
우리나라도 연속 가뭄이라 사막이 생각난다.
해마다 씨 뿌리고 지하수 퍼올려서 물을 주고
타들어 간 농사꾼 가슴엔 애타게 비 오기만 기다렸다.
밤이 되면 멍석을 깔고 누워서 하늘만 쳐다봤다.
이판사판 농사 꿈을 접고 슬쩍 부모님 모르게
줄행랑을 쳐 버렸다.
농사 자금은 이자가 불어나서 대농의 꿈도 사라져
버렸다.
덜컹덜컹 서울로 올라가는 완행열차는 종일

올라가는데 고향에 계시는 부모님 생각에 기차도
느릿느릿 내 마음을 위로해주는 것만 같았다.
어린 시절 대농의 꿈이 이렇게 꿈속으로
사라져 버렸다.

축구 인생 60년

1960년 초등학교 다니던 시절이었다. 운동 기구가
부족할 때였다. 우리는 시골에서 흔한 볏짚을 꽈서
만든 새끼줄로 공을 만들어 운동장에 나가서 찼다.
마을 앞 논두렁에서도 시합했다. 남녀 할 것 없이
뒤엉켜 밀치고 밀리고 흙탕 속에 뒹굴었다.
1967년 8월 17일이었다.
농사가 싫어서 서울로 상경하게 되었다.
직장에 들어가 입에 풀칠하기도 바빴다.
한 달 봉급으로 이발하고 극장가고 식사 한 번
하고나면 끝나 버렸다. 도무지 한 푼도 쓸 수가 없었다.
간장에다 마가린 넣어서 1년 동안 비벼 먹었다.
그 후 황달에 걸려 고생하였다.
잊을 수 없는 한 장면이다.
직장근무 중에는 운동을 할 수가 없었다.
축구운동은 꿈도 못 꿨다.
1973년 강서구에서 자리를 잡고 사업이 번창하여
조기축구를 시작하였다.
1977년 고향 선배인 김길홍 씨가 조기축구회를

창단하자고 하였다.

나와 송창기 씨, 김길홍 씨와 검덕조기회를
창단하였다. 검덕조기회를 창단하여 1년 동안 잘
운영하고 있을 때였다.

먼저 창단했던 발산 조기축구회는 서로 싸우다가
바로 깨져 버렸다. 발산 조기회 윤호병 씨가 찾아와서
두 조기회를 합치자고 제안하였다.

두 조기회가 다시 합쳐 창단하기로 하고 발산 조기회
대표 윤호병 씨와 검덕조기회 대표 송창기 씨,
김길홍 씨, 지현경(저자)과 4명이 의기투합하여 다시
1978년에 발산초등학교 운동장에서 발대식을
거행하였다.

다음 해인 1979년에는 전국 생활체육중앙회가 창단
되었고 초대 김동섭 박사님을 모시고 출발하였다.

그 후에 또 1980년 강서구 생활체육축구연합회가
초대 김진태 회장님을 모시고 창단하였다.

1982년 생활체육 전국축구연합회로 변경하여 2대
최현락 회장님을 모시고 제1회 장년부 대회를 경남

진해에서 치렀다.

나는 부회장과 상벌이사로 10년 동안 해외 친선교류
활동과 국내 각 도별대회를 함께 치러냈다.

또한, 생활체육 발산축구회 15대 회장도 역임하고,
강서구 축구연합회 부회장과 30대 단장도 역임하고,
연합회 자문위원장도 역임하였다.

2017년 생활체육 전국 OB 축구회를 창단하고
초대 노창순 회장님을 모셨다.

현재 서정학 회장님을 모시고 생활체육 전국 OB
축구회 자문위원으로 활동 중이다.

날마다 뛰는 강서구 70~80대 골든 축구단과
오늘도 새벽을 뚫고 나가 조조반 축구공을
숨이차게 쫓아다닌다.

오늘이 있다

잠이 깨면 가슴이 살아 숨 쉰다.
어둠이 밤하늘에 별들을 보게 한다.
거리도 조용조용한 밤공기를 잠재운다.
겨울 새벽 5시 축구 방한복 챙겨입고 준비를 마친다.
조용한 소파에 앉아서 기도를 올린다.
하나님 부처님 만백성들을 건강하게 살아갈 수 있도록
살펴주시옵소서! 우리 모두 하는 일마다 옳은 길로
살아가게 하여주시옵소서! 모두가 밝은 미소로 오늘
하루를 즐겁게 하여주시옵소서! 간절히 기도드립니다.
살며시 눈을 뜨면 나의 몸은 준비를 마치고 온몸이
가벼워진다. 새벽 6시 대문 열고 자동차에 오르면
차도 반가워서 시동이 조용하게 켜진다.
잠시 앉아 기능을 점검하고 5분 동안 작동을 마친다.
이웃들이 잠을 깰까 봐 살며시 차를 운전하며 나간다.
언제 차가 나갔는지 모르게 조용조용하게 출발을
한다. 날마다 이렇게 새벽을 열고 나간다.

쓸쓸한 와인잔

연말연시 맞이하여 김진수 중늙은이가 상가를
돌면서 최고급 와인 1박스와 잔 20개를 함께 사 들고
송화명가 식당까지 찾아왔다.
건배사 술잔은 와인잔이 아니던가!
돌아가는 술잔은 돌아가는 물레였다.
한 잔 두 잔 석 잔까지는 정을 담아 나눈 잔이고
소주잔으로 갈아타니 빙글빙글 잘 돌아갔다.
남아있는 와인잔들은 상 귀퉁이에 서서 오도 가도
못하고 처량하게 서 있다.
오늘 모인 우리는 서 있는 와인잔이 내 모습인 줄
왜 모르는가?
쓸쓸한 와인잔이 처량한 내 모습 닮았다.

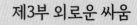

제3부 외로운 싸움

초이튿날

2020년 1월 2일 거리가 한산하다.
몇 자 써 내려가 보니 벌써 내 나이가
일흔넷이나 되었다.
부끄러운 낯살 들고 돌아다보면서 생각에 잠겼다.
흘리고 도둑맞고 살아온 이 나이인데
내 나이는 어느 누가 훔쳐 가지를 않는다.
홀로 앉아 웃음으로 글 속에 담는다.
때 묻은 내 나이는 볼 것 못 볼 것 다 보고 왔는데
누가 가져가겠는가?
봉급도 모아두면 어찌 알고 찾아와서 어렵다고
빌려 갔는데 50년이나 지나가 버려서 이제는
받을 수가 없구나.
사무실에 앉아 글줄 속에서 노는데 서영상 후배가
문 열고, 이인두 고문님께서 또 열고, 인사드리고
돌아서니 김정록 전 국회의원님이 또 열었다.
이인두 고문님께서는 80살도 무거우신데 또 한 살
얹어서 81살이나 싸 들고 오셨다.
바로 우리가 오늘 인생극장 주연입니다.

끊어진 눈물

씨줄 따라 부모님 따라 여기까지 걸어왔다.
아무리 잊으려 해도 떠오르는 것은 부모님
생각뿐이다.
일흔네 살이라니 내 받은 훈장인데
그래도 더 깊어만 가는 것은 부모님 생각뿐이다.
고향 떠나올 때 어머님은 날마다 우시며 사셨다.
지금도 그 모습을 잊을 수가 없다.
아버지는 모방(모서리 갓방)에 앉아서 막내아들 걱정에
깊은 한숨을 쉬었을 거라 생각을 해본다.
객지 서울이 어딘데 연탄불은 안 꺼졌는지 꿈에도
걱정뿐이었다고 하셨다.
1988년 서울올림픽으로 한창 바쁠 때였다.
나는 김포공항 입구 수약국 앞에서 5개 국어 수첩
한 권 들고 외국인들을 안내해드리고 있었다.
그때 갑자기 아버지는 고향 집에서 막내인 나를 급히
불러 놓고 편안히 운명하시었다.
"현경아! 너는 우리 집안을 위해 입을 다물어라.
그래야 집안이 조용하다." 말씀하셨다.

돌아가시는 순간에도 후손들의 걱정을 하시었다.
나는 그 말씀에 약속을 드렸더니 미소지으시며
살며시 눈을 감으셨다.
막내인 나는 배가 다른 아들이라 공부를 가르치지
않고 고향에서 농사일만 시켜왔다.
배우지 못해 죽도록 고생하며 살았다.
그런 막내아들이라 아버지는 더 걱정하셨다.
나는 그 약속을 아버지께 보여드리지 못하고 지금도
실천해가며 살아가고 있다.
일흔네 살에도…….

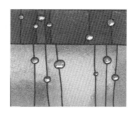

축구쟁이들

보는 얼굴 또 보고 웃음소리 또 듣네. 운동장을 꽉 채운
그 웃음소리들 주일마다 웃는 인사가 온종일 슬섭다.
가끔 틈새마다 욕쟁이도 한몫 끼어든다.
싸움질할 때는 욕을 해대서 쌈박질이 일어나고
웃기는 욕을 하면 웃음들이 폭소를 자아낸다.
오늘은 싸라기눈이 늙은이들의 얼굴에다 버릇없이
뿌리는구나! 모두가 신이 나서 축구공을 마구 쫓는다.
이 정도면 되었다. 건강하게 살아가겠다.
뒷전에서 바라보니 천종인 동갑내기 내 친구가
생각난다. 1년을 하루같이 함께 뛰었던 내 친구!
병상의 그 모습이 선하여 눈물이 난다.
술잔 한 번 잘못 마신 실수로 호흡기 꽂고 병상에
누워 있다. 선배 곰보 형님도 뇌졸중 한 방으로
수십 년 타던 다마스 소형차까지 집에서 쉬는구나.
시간은 자꾸만 가는데 우리들의 몸뚱이는 점점
무거워지고 수명고등학교 작은 운동장도 우리를
아는지 처량하게 바라본다.
후들거리는 발목 들고 한방 내질러 봤자 소변줄만큼

앞에 떨어진다. 형님! 누가 늙으라 했소?
옛적에 그 실력은 다 어디를 갔소?
젖히는 형님도 방어하는 형님도 내일의 내 모습인 것
같아 씁쓸한 내 입술을 적신다.
신년!
벽두부터 나이가 접어드니 절벽 오르기가 서럽구나!
한가락 찼던 친구도 이젠 소용이 없고
큰소리치던 친구도 그 목소리 부드러워졌다.
무릎에 연골주사나 맞고 큰소리쳐 보지만 별수가
없다. 망가진 몸뚱이는 갈수록 상해가고 오라는
병원에서는 가봤자 별수가 없더라.
쩔뚝쩔뚝 걷는 뒷모습들을 바라보니 나도 언제
따라갈까? 눈물이 나네!
경자년 정초에 3판 2승으로 우리 홍팀이 화끈하게
져버렸다.
그래도 내가 똥 볼 4골이나 넣었는데도 꼼짝 못 했다.
오늘도 2시간 차는 축구로 20년은 건강하게
살아갈 거야!

옥상정원의 참새 떼들

미운 오리 새끼보다도 더 미운 참새 떼들이었다.
날마다 책보(책을 싸둔 보자기) 던져놓고 누이동생들과
새 쫓는 일이 내 일이었다.
마당에 깔아놓은 덕석(벼 줄기로 엮어 만든 멍석) 위에다가
나락(볍씨) 타작(수확)해서 말려놓으면 언제 날아왔는지
참새 떼들이 볍씨를 훔쳐 먹었다.
어린 시절에 나를 따라다니던 그 참새 떼들이
호경빌딩 옥상정원에 찾아왔다.
이것들을 어쩌나 생각하다가 내가 먹던 밥 반절 나눠
싸 들고 와서 참새떼들을 먹였다.
몇 달간 먹였더니 몸통이 통통해졌다.
한 달, 두 달, 1년 동안 계속 주었더니 내 친구가
되었다. 많이 모일 때는 100여 마리가 날아와서
조잘조잘한다.
사방에다 똥을 싸놓고 그저 좋단다.
야, 이놈들아!
도망도 멀리 안 가고 내 주변만 돈다.
그렇게 미워했던 그놈 참새 떼들

고향에서는 농약 때문에 못 살고 나를 따라왔나 보다.
날마다 점심때만 되면 참새 밥 준비해놓고
친구들과 점심을 마친다.

* 고향 생각에

밤마다

누우면 숨을 쉬기가 가빠진다.
감기 기운이 있을 때는 더욱 힘들다.
2020. 2. 10. 새벽 1시
누웠다가 다시 앉고 시간 보며 귀 잠을 잔다.
몇 달 전부터 왼쪽 다리 피부가 저린다.
밤마다 오른발로 문질러도 차도가 없다.
잠이 슬며시 나를 다시 재운다.
잠깐 누워 자다 보면 또 일어나 버린다.
기껏 자야 30여 분 긴 잠을 자지 못한다.
가족들 방해할까 봐 거실에 나와 앉아서 지난날도
미래도 명상을 한다.
차분해지면 연필을 잡는다.
한참을 쓰다가 보면 눈이 흐려진다.
밤이나 낮이나 눈을 쉴 시간이 없다.
잠을 자는 시간이 너무나도 짧다.
공상의 틈을 줄이려 하니 갈수록 글도 쓰지 말고
휴대전화도 보지 말라고 하는 모양이다.
이렇게 시간과 싸우면 호흡이 편안해진다.

감기에 걸리면 이렇게 숨이 차다.
이럴 때는 기침은 안 하는데 가래가 끈적거린다.
밤낮으로 고통이다. 속도 모르는 마누라가
꾀병이라고 한마디 던진다.
"누가 전화만 오면 말은 잘하면서!"
이렇게 깊은 밤을 나 홀로 싸운다.
이렇게 사는 것이라고!

꿈속의 선몽

요즘 육감적으로 예감을 자주 느낀다. 우연한 자리에서
누굴 이야기하다가 그분의 전화를 받고 깜짝 놀랐다.
꿈속에서 보이면 현실에서 이뤄지곤 한다.
누굴 생각하면 전화가 바로 오고 어느 때는 내
사무실에 그 사람이 들어온다. 웬일인지 알 수가 없다.
청우 대종사님께서는 그럴 때는 조심하라는 말씀을
당부하셨다.
몇 달 전에 강서구 호남향우연합회 상징 마크 특허
신청을 오훈 변호사님께 부탁해뒀는데 그 생각이
문득 떠올라 출근해서 전화를 걸어 봐야겠다 하고
전화를 걸려는 순간 오훈 변호사 여직원이
특허등록을 마쳤다고 전화가 먼저 왔다.
참으로 신기했다. 어떻게 이런 신호가 올까?
몇 달 전에 저작권 특허 신청을 해 두고 치분히
기다리라고 해서 잊고 있었다.
2020. 2. 16. 새벽 4시에 돌아가신 큰형님과
어느 마을을 지나다가 담장 밑에서
밤 몇 개를 주웠다. 주머니에 담고 돌아서니 꿈이었다.

즉시 일어나 거실에 앉아서 이 글을 쓴다.

참으로 묘한 일이다.

엊저녁에도 문진국 국회의원님과 저녁을 먹고
들어와 전봉운 후배에게 전화를 걸려고 하는 순간
먼저 걸려왔다. 어찌하여 이런 일이 계속될까?

오늘은 오전 10시에 발산초등학교에서 운동을
마치고 조기축구(생활 축구) 시무식을 하는 날이다.

운동장 중앙에다 돼지머리 차려 놓고 한 해 동안
우리 회원들 무사하게 해 달라고 기도를 올렸다.

새벽 일찍 목욕하고 아침 7시에 나가 강서 70대
축구를 마치고(수명고등학교) 발산초등학교에 가서
신년 시무식을 거행했다.

이 시간에는 강서구 축구연합회 임원들도 해마다
순회를 하면서 축하해준다.

나는 1978년부터 해마다 새해가 돌아오면 우리 회원
모두에게 행운이 충만하기를 빌어왔다.

왕 촌놈

왕 촌놈이 1967년 8월 17일 목포발 완행열차 타고
12시간 걸려 서울로 올라왔다.
웃기는 사람이 1982년에 대만을 갔다.
전국 새마을지도자 해외연수 교육이었다.
대만공항을 빠져나가는데 나는 사라졌다.
긴 청사를 척척 통과하여 밖에 나가 한참이나
기다렸다. 떠나기 전에 벌써 새마을 중앙본부에서
합숙교육을 철저하게 받고 장충동 반공연맹에서
3일 동안 또 교육을 받았다.
그 시절에는 외국에 나가려면 이런 교육을 받아야
했다. 누가 접근해 납치해 갈 수 있으니 조심하란다.
모처럼의 해외 출타라 기분이 좋았다.
대만공항 청사는 길기도 했다. 아세아에서 제일 긴
청사라 했다.
나는 검사대를 거침없이 술술 빠져나갔다.
나와서 한참이나 이곳저곳을 구경하며 기다려도
아무도 나오지 않았다. 한 시간가량이나 지났다.
거꾸로 다시 들어가 보았다. 아무도 없었다.

검사대를 다시 더 거꾸로 차근차근 어렵게 들어갔다.
국제 촌놈이 영어도 못 하면서 말이다.
72명이 사열하고 서 있었다. 얼마나 놀랐을까?
미안했다.
"어디 갔다가 왔어요?"
"나 밖에서 기다리고 있었어요."라고 했다.
내가 행방불명이라 모두가 긴장들이었다.

우장산 새마을 중앙본부에서 합숙교육 중에
롯데백화점을 먼저 가서 비교해보고 오란다.
목적인즉 해외 나가면 선물을 마구잡이로 사 오는
것을 막기 위해 교육을 받았다.
백화점은 자주 갔던 곳이다. 시간이 있어서 기웃기웃
하다가 컴퓨터로 눈이 마주쳤다.
일일 점을 봐준다고 쓰여 있었다.
재미가 있어 보여 돈을 넣고 한번 눌렀다.
왈! 당신은 해외여행 중에 사고 난다.
어이가 없었다. 어찌 내가 외국에 나가는 것을 알까?

머리에 털 나고 처음 해외를 나가는데 하루 전날
이런 일이….
긴장되었다. 새마을 중앙본부에서 날밤을 새우고
출발하였다.
정확히 컴퓨터가 맞췄다. 거짓말 같은 참말이다.
기이하다 하겠다. 그나마 다행이었다.
한방에서 합숙했던 친구들이 놀랐다.
죽지 않고 돌아왔으니 말이다.

시간을 달랜다

숨을 쉬기가 답답할 때마다
한밤중에 거실에 앉아서 마음을 달랜다.
얼마 남지 않은 밀리그램으로 서툰 글 몇 자,
높고 낮은 삶을 써 내려간다.
아무도 없는 자리에서 웃고 울며 숨이 차게 산도 넘고
물살 헤치며 강도 건너갔다.
74년 해를 주워 담고 74년 달도 헛간에 쌓아두었던
삶도 내가 살아온 날들이었다.
고요한 적막이 나에게 묻는다.
지나온 길은 깨끗하게 잘 닦아 놨느냐고 말이다.

산허리 흰 구름

1992년 여름 새마을중앙본부 사무총장을 역임하신
김기동 박사와 함께 만리 길 중국 땅 노산에 오른다.
비행장~노산 거리 왕복 12시간, 택시 대절 우리 돈
60,000원, 덜컹덜컹 1,700m 고지 노산 정상 죽림
숲에 오르니 산허리 흰 구름이 우리를 반겨 주었다.
자욱한 구름 속을 힘차게 뚫으니 맑고 파란
하늘나라다.
정상에 올라보니 고관대작들 별장이 햇빛에
반사되고 있었다.
바라본 작은 호수는 고 장개석 총통이 그리워하신
곳이다.
대만에도 똑같고 노산 위에도 똑같다.
얼마나 그리우면 대만에다 옮겨 놨을까?
돌아본 정상에는 모택동과 장개석 별장이 눈을 끈다.
살아서는 적이요 죽어서는 다시 만난 친구였다.
장개석 별장 120억, 날 보고 사 두란다.
높은 햇살 등에 지고 굽이굽이 산기슭을 내려오니
모택동 휘호가 길바닥에 누워 있었다.

해설사 말만 듣고 눈물이 났다.
천하를 누비던 허무한 인생
낙엽이 되어 길바닥에 누우셨나요?
천하를 손에 쥐고 칼끝에 피 흘리더니 떠나셨고
나는 김기동 박사와 둘이서 두 분이 걷던 이 길을
터벅터벅 따라 내려왔다.

튼튼한 기초공사

돈이 더 들어간 기초공사 튼튼한 우리 집.
날라리 집 장사가 지은 그 집엔
오래가질 못하고 금이 쩍쩍 갔다.
새집 새 도배로 예쁘게 단장을 하고
방세도 더 얹어서 두둑하게 주고 계약했다.
그날 밤 우리 신혼부부가 입주했다.
달콤한 깊은 밤에 악마를 만났다.
그놈의 연탄가스가 우리 두 부부를 죽여놨다.
서로가 신음하며 기적적으로 죽다 살아났다.
인생이 이런 건가?
사는 게 이런 건가?
날림 집 부실공사로 지어놓은 집에서 장삿집
유행처럼 접고 가버린 한 시절이었다.

물들인 쑥떡 팬티

어머니는 하얀 무명베 저고리와 속옷 팬티를
쑥떡 배 옷으로 만들어주셨다.
푸릇한 쑥대 한 뭇 베어다 드렸더니 작두에 잘게 잘게
잘라서 절구통 속에 꾹꾹 눌러 넣고 절굿대로 찧어서
마포 주머니에 담아 짜서 파란 즙 두어 사발로
무명베 옷과 함께 조물조물 해준다.
적삼도 팬티도 금세 쑥색으로 물이 든다.
한나절 담근 뒤에 건져서 말리면 어제 본 하얀 내
팬티가 금세 쑥색 팬티가 되었다.
처음 본 내 팬티 천연염료로 물들이고 정성 다해
들인 물감으로 내 마음을 사로잡았다.
난생처음 입어본 쑥떡 베 옷 팬티
학교에 가서 뽐내며 자랑했다.

믿음과 교만

날이 갈수록 나이도 간다.
나이가 들수록 인맥도 준다.
하나둘씩 이사를 하고,
둘셋씩 극락도 찾아가고 있다.
오고 가는 날까지 사는 날이다.
서 있는 날까지 일하는 날이다.
주어진 일은 채우고 가야 한다.
살면서 여생을 잘 보내야 한다.
남은 일들은 덤으로 더 해야 한다.
여기저기서 사람들은 차별도 한다.
과거에 학교 졸업장이 걸림돌이다.
지금도 차별과 무시를 당하고 산다.
누가 누구를 차별하는지 모른다.
지금도 가슴엔 먹구름이 흐른다.
이런 인연으로 또 만나다니 한심하다.
알 수 없는 사람 마음 누굴 믿을까?

외로운 싸움

시골 산길 걸어갈 때는 산새들과 이야기했지.
잠깐 앉아 쉴 때는 졸졸 흐르는 물소리 들었지.
그곳에는 음악 소리가 들렸다.
들판길 걸어갈 때는 지고 간 등짐이 무거워 길이
가까워지지 않았다.
땡볕 아래 논에 들어가 농약 뿌릴 때는 하루해가
길기도 하고 저수지 한편에 앉아서 낚싯줄을 수초
속에다 던져놓고 있으면 시간도 곁에서 낮잠만
자더라.
이런저런 일들이 나를 손짓하는지 먼 곳의 간판
글씨도 아물거린다.
한여름 땀 흘려 얻은 추곡 쌓아놓고 꿈꾸던 그 청년이
지금은 어디 가서 무얼 할까?
홀로 앉아 꼭두새벽 고요한 봄을 시계 소리와 함께
기다리고 있다.

새벽기도

세상이 코로나 19로 어수선해졌다.
새벽 단잠 속에서 내발산동 사람들을 보았다.
어수선한 시기에 먼저 가신 분들과 현재 살고 계신
분들이 분주하였다.
무슨 일이 없기를 바란다.
옛날에 함께 우리 동을 위해 일하셨던 많은 분이
보였다.
오늘 우리 동네가 아무 탈 없기를 간절히 바란다.
늘 아침이면 만나 뵙고 인사를 드리던 그때가 그립다.
객지 타향 강서구 내발산동에 이사 왔을 때
동네 분들이 나를 따뜻하게 반겨주셨다.
지금도 그 은혜에 감사드린다.
이제는 내가 동민들을 위해 모시고 일할 때가 되었다.
돌아보니 한 분 두 분 동네를 떠나셨다.
젊은 친구들도 하늘나라로 갔다.
많이 변해버려서 이제 토박이 분들의 얼굴을
만나보기가 어렵다.
뜻밖에 꿈속에서 떠나신 동네 분들이 보였다.

걱정이 된다.
우리 동네가 아무 탈 없기를 기도한다.
오늘도 동민들과 코로나 19가 멀어지게 하소서.
우리 모두 안전하게 하소서.
나라가 평안하고 국운이 융성하게 하소서.
간절히 기도합니다.

겨울방학에

5·16 군사 정변 후에 박정희 장군이 전국의 깡패들을
모아서 공사판에 투입했다.
그때가 1961년쯤 되는 해인 것 같다.
겨울방학 때였다.
한 달간 산 절벽을 허물어서 흙을 차에 싣고
레일을 타고 밀고 다녔다.
새벽에 출발할 때는 고구마 한 석작 쪄서 지고 갔다.
깡패들도 나눠주고 우리도 새참으로 먹었다.
일하다 보면 위험한 대목이 많았었다.
수문 자리를 발파할 때는 청석돌이 하늘 높이
날아갔다. 잠시 쉬려고 앉아 있으면 한참 후에
돌덩이가 하늘 위에서 투두둑 하고 떨어지기도 했다.
간이 철렁하고 무서웠다.
이렇게 위험한 일을 겨울방학 때 한 딜가량
흙 퍼 나르는 일을 하였다.
밀가루 한 포대를 돈 대신 한 달 노임으로 주었다.
한마디로 힘든 노동이었다.
이런저런 인생 참맛을 두루두루 경험해봤다.

오늘 새벽 글줄을 타고 고향 장흥군 관산읍 고마리
봇두섬 바닷가 제방을 걸어본다.

＊ 석작 : 가는 대오리를 걸어 만든 네모꼴 상자

울력

1960년 경부터였다.

소쿠리 지게에 얹고 도시락 싸 들고 십리길 밖에
나가 자동차 길 보수 작업을 했었다.

봄이 되면 자갈을 도로 위에다 깔고, 가을이면 다시
자갈을 걷어서 길가에 한 줄로 쌓아 올려놨다.

이 일을 해마다 동네 사람들이 모여서 자기 동네
구역을 맡아 울력을 했다.

우리 집은 딸이 4명이고 아들은 나 하나였다.

일손이 바빠서 초등학교를 조퇴하고 울력을 나갔다.

냇가에서 자갈을 파서 지고 자동차도로 위에다 까는
일이었다.

봄에도 가을에도 농사일이 바쁠 때였다.

어린이는 매우 힘든 일이었다.

저녁때 돌아오면 배가 고파서 기진맥진하였다.

오다가 남의 밭에 들어가 무도 뽑아 먹고 고구마도
캐먹었다.

허기를 달래며 밤길을 걸었다.

10살 때부터 7년 동안 이런 일을 했었다.

내가 못 가면 누나도 나가서 돌을 머리에 이고
날랐다.
집집마다 울력을 의무적으로 해야 했었다.
부모님은 새벽부터 논밭에 나가셔서 농사일에
눈코 뜰 새가 없으셨다.
아들인 내가 도맡아서 해야 할 일이었다.
농촌의 삶이 이렇게 힘이 들었다.
지금은 포장도로가 잘 되어 있는데 나는 늙어버렸다.
그때 그 시절 추억이 다 지워져 간다.

＊ 울력 : 여러 사람이 힘을 합해 일을 함.

제4부 그리운 아버지

한약

허약한 사람 체질 개선과 몸을 보강하는 약이라 했다.
친구가 처방해 만든 것이란다.
어느 날 내 사무실에 찾아와서 매일 조석으로
복용하란다.
오후에 한 알 먹고 다음 날 아침에 또 한 알을 먹었다.
처음에는 하루에 조석으로 2알씩 먹으란다.
나는 몰라서 한 알씩만 복용했다.
그런데 세 번 복용한 날 밤부터는 잠이 잘 오지 않았다.
몽롱한 헛꿈뿐이었다. 어찌 된 일일까?
더구나 전립선 한약도 보내줘서 양약을 안 먹고 한번
먹어봤다. 아마도 명현 반응이 아닐까 했다.
한약 잘못 먹고 전에도 혼난 적이 있었다.
후배가 생각하고 명의 한약을 처방해줘서 가져와
두세 번 먹었더니 혀가 굳어갔다.
한의사께 물어봤다. 그분 말인즉 명현 반응이란다.
걱정하지 말고 먹으란다. 8포를 먹으니 물체가
두 개로 보였다. 정신이 혼미해졌다.
즉시 홍익병원으로 가서 입원했다.

담당 의사도 세 번이나 바꿔봤다. 소용이 없었다.
그들은 병명을 못 알아냈다.
무조건 MRI를 칼라로 한번 흑백으로 한번 거듭
두 번씩이나 찍었다. 나는 더 어지러웠다.
다음날은 더 견디지 못해 이사장님을 불렀다.
"나, 담당 의사 바꿔주세요."
나도 병원 생활을 많이 해본 경험으로 조금은
감이 왔다.
홍익병원 내에는 내과 의사가 네 분이나 있었다.
나는 "더는 어지러워 못 참겠으니 나이가 제일 많은
의사를 안내해주세요."라고 했다.
그분은 경험이 많아 잘 보실 줄 알고 부탁했다.
내 예상이 맞았다.
혈압은 당시 180㎜Hg까지 올라갔다. 평소 혈압은
117~118㎜Hg이었다.
늙수그레한 내과 의사분이 두어 번 물어보시고 몇 번
얼굴을 보시더니 한약을 먹고 이렇게 되었다고
했더니 양약 세 알 하루에 세 번 처방해주셔서 두 번

먹으니 정신이 돌아왔다.
7일 동안 입원하고 고생만 했다.
집에 와서 자기 전에 한 번 먹고 아침에 또 먹고
병원으로 갔다.
다시 하루분 더 먹고 좋아졌다.
약을 처방하는 것도 의사의 경험이 많아야 한다.
한약 한번 잘 못 먹고 죽을뻔했다.
후배가 소개해준 한의사는 약만 다시 보내달라고만
하고 말았다. 보상도 없었다.
뚝섬에 있는 한의사분이다.
한약으로 크게 혼이 난 후로는 한약이 겁이 난다.

우리는 문학 삼남매

천리 먼길 걸어가다 글로 만난 삼남매
함께하니 되게 반가웠다.
나는 쓰고 형은 다듬고 누이는 책을 만드니
삼남매라 했다. 우리 만남은 억겁으로 만남이다.
장흥 내려가다 보면 안양 수문포, 더 한참 돌아가면
관산 하발리 동촌마을 바닷가 해안선 따라 구불구불
돌아가면 완도 건너가 보길도 척 한번 만났어도
우리 마음은 하나였다.
남해 바닷가 기운 얻어 태어난 곳도 거기
장희구 박사, 나(저자), 서영애 대표
연필 들면 산이 노래하고 펜촉 꼬리는 파도를 친다.
단편, 장편 모아두면 서 대표가 싸 들고 가서 예쁜
작품으로 탄생하니 우리는 전라도 삼남매!
수문포 형님, 동촌 아우, 보길도 누이였다.

가까운 친구들

부드러운 미소로 만나던 친구들
오랜 세월 지내면서 잡티도 걸러냈다.
안 보면 만나고 싶어서 전화를 걸고
만나면 반가워서 이야기꽃이 피었다.
친하디친한 내 친구들이 하나둘씩 멀어지고
돌아가니 알 수 없는 인연이다.
세월을 함께 하고 변함없이 지내왔는데
하나둘 멀어지니 뒷모습이 그려진다.
늙어서 헤어질까? 보기 싫어 멀어질까?
이야기꽃을 열어보니 흠 자국은 없었다.
웬일일까? 무슨 연유일까?
마음자리 식어가니 모습조차도 보기 싫어진다.
믿었던 내 친구들 그렇게 변할 줄이야.
참으로 이상하다. 사람은 누구나 마음으로 만나는데
그 마음 잡지 못하고 언젠가는 떠나는데 그때가
언제인지 변하면 가는 길에는 잡초만 무성하더라.
내면의 본 모습 보일 때는 하나둘씩 떠나고 즐거웠던
추억들은 왔다가는 물안개 따라가더라.

그리운 아버지

1975년경이었다. 건축붐이 한창이던 때였다.
갑자기 아버지가 서울역 부근에 와 계셨다.
아는 사람 없는 곳에서 전화가 걸려왔다.
서울역 앞 대우빌딩 부근이라고 하였다.
즉시 찾아갔다. 초라한 골목 길가의 여인숙 방이었다.
어제 오후 서울역에 내리니 사기꾼들이
시골 노인이라고 그곳으로 유인해갔다.
그동안 돈도 빼앗고 아침에서야 전화만 걸어주고
도망을 가버렸다.
아버지는 돈만 다 빼앗기고 몸은 다친 데가 없었다.
가끔 서울에 올라오시면 소매치기를 당한 일은
있었다. 시골 촌노들은 흔히 당하는 일이었다.
이렇게 저렇게 아버지는 막내아들이 보고 싶으면
시도 때도 없이 올라오시곤 하셨다.
서울 구경도 한번 제대로 못 시켜드렸다.
그래도 아버지는 막내아들이 보고 싶으셨던 것이다.

그것 좀 줘봐

정답게 말을 건넨다.
떡 한 그릇 들고서 권하니 맛을 보고 하는 말이
"와따, 맛나네야!"
들을 때마다 넘치는 정이 줄줄 흐른다.
사람들은 말한다. 잘해보자고 말이다.
이웃 간에 서로 만나면 먼저 말하고
먹을 것이 있으면 가져와 나눠 먹는 풍속이 우리네
생활 속의 전통예절이 아니던가!
추곡을 타작하면 제일 먼저 선영에 오곡을 차려 놓고
절을 하고 이웃분들을 모셔와 "소찬이나마 올 농사
잘 지어서 차렸으니 맛나게 잡수세요!" 권한다.
"불러줘서 참말로 고맙네야!"
한마디 할 때마다 그 말씀들이 지금도 귓전에서
가시질 않고 그때 그 자리의 그분들은 보이질 않는다.

하얀 비둘기 · 1

기다리던 하얀 비둘기
우리 옥상에 날아와 나를 기다리고 있었다.
친구들과 점심 먹고 남은 밥 한 그릇 들고 와서
물에다가 조물조물해서 줬다.
얼마나 배가 고팠는지 쉬지 않고 먹었다.
잠시 밖에 나갔다 오니 내 사무실 올라가는
계단 위에서 기다리고 있었다.
웬일일까! 얼마나 먹었는지 걸음조차 어둔했다.
내려가자 하니 앞에 나서 계단을 천천히
한 계단 두 계단 걸어 내려갔다.
어린애 뒤를 따라가는 것 같았다.
천천히 또 천천히 살금살금 옥상정원으로
함께 내려갔다.
며칠을 굶었는지 욕심껏 먹있다.
한참 동안 정원에서 놀다가 날아갔다.

하얀 비둘기 · 2

김철근 후보와 회의하고 돌아오니
먼저 와서 옥상 문 앞 입구에서 기다리고 있다.
마침 점심때 조금씩 남겨온 밥을 싸 들고 왔다.
요즘에도 밥을 조금씩 남겨와 새들을 주고
부족할 때는 준비해둔 쌀을 주곤 한다.
점심을 먹고 들어오니 또 와 있다.
10여 일 동안 안 오다가 와 있었다.
참 반가웠다.
전에는 가까이 다가가면 날아가곤 했는데 이젠 내 발
앞에서 이리저리 돌면서 날지 않고 나에게 조아린다.
내가 밥을 싸 들고 온 줄을 어떻게 알았나 보다.
계단 위 현관문 앞에서 만나도 피하지 않는다.
야릇한 감정이 마음을 흔든다.

기쁨 주셨네

호경빌딩에 오신 손님네들 누구라도 오세요.
너도나도 찾아오시면 그저 그만 반갑습니다.
보고 듣고 배우면서 익어가니 날마다 행복합니다.
뜸해진 발길 끝에 코로나 19가 막아서니
난데없는 흰 비둘기가 날아와서 나를 더 기쁘게 한다.
말도 척척 알아듣고 오라 하면 내 곁으로 다가오니
어찌 반갑지 않겠는가?
사흘 걸러 날아와서 함께 놀다가 집으로 간다.
며칠 있으면 새끼 비둘기 데리고 무리 지어
찾아오겠지.
기다리는 내 마음 한없이 하얀 비둘기 불러본다.

사는 길

힘든 고생을 해본 사람만이
진정한 맛을 말할 수가 있다.
큰 것을 먼저 바라지 마라.
꾸준히 하면 뜻을 이루는 것이다.
높은 산도 쳐다보면 못 오른다.
그러나 천천히 오르면 정상에 도달한다.
인생도 고난이 닥치면 서둘지 마라.
일생을 살아가는데 때가 오는 것이다.
바르게 보면 성공하고 정도로 살면 행복하게
사는 것이다.

선배형

다정다감하게 부르기도 하고 말을 하며 묻기도
하였다.
어이 어야 형 어이!
요것이 뭣이란가?
거리낌 없이 물어본다.
정겨운 말들을 고향에서 듣고 자랐다.
비슷한 또래들이 친척들과 뒤섞여서
어우러져 살던 때였다.
어린 그 시절 고왔던 말들을
지금은 들을 수가 없다.
모두가 어디로 살러 갔을까?
그 시절이 눈가에서 주르륵 흐른다.
형제처럼 지내왔던 우리 이웃들 말이여.

닫힌 마음

코로나가 한몫을 거둔다.
하던 일도 멈추고 뛰던 축구도 멈추고
만나던 친구도 멈춰서니 살맛이 안 난다.
세계가 한 지붕 아래 한 식구들이라
중국에서 기침 한 번 했다고 세계가 가슴이 결린다.
이것이 모두가 하루생활권 때문이다.
이런 것이 문명이 발달해 가져다준
후유증이 아니겠는가.

1978년 그 어느 날

흰 비둘기와 인연이 전생에 나를 좋아했던 그
여인이었나 봐.
고흥군 도화면 구암리 하동마을 면장님네 큰딸이
있었다.
고향 선배와 동거 중에 나를 만나보고 푹 빠져버렸다.
나에게 이런 글 한 줄 써서 우편으로 부치고
'이루지 못할 사랑'이라고 하였다.
편지에 딱 한 줄 써 보내고 나서 수면제를 몽땅 먹고
그만…
그러나 다시 살아나서 나를 찾아왔다.
만리동 그녀 직장에서 한번 만나보고
지금까지 어디서 뭘 하고 사는지 모른다.
그렇게도 좋아했는데!
한 번이라도 안아줄 것을 그러지 못했던 미안한 마음
지금도 지울 수가 없다.
깊은 밤 나를 고흥 그녀 동네 바닷가로 데려가더니
두 팔로 껴안고 놔주질 않았다.
바닷물이 발밑까지 차올라와도 팔을 풀지 않았다.

긴장의 밤이었다. 지독한 그녀였다.
지금 생각하니 나도 그럴 때가 있었구나!
청춘이 그냥 지나가 버린 것이 아니었구나!
한때 짧은 로맨스가 떠오른다.

떠나던 천릿길

고향 떠나던 천릿길 돌아보고 또 돌아보고
어머님은 시립문 바깥에 서서 멀어지는
아들을 보았네.
밤이나 낮이나 어머님은 울었네.
아들 떠나던 날부터 돌아가시는 그날까지
우리 어머니 가슴에 아들 품어 안으시고
서울로 모셔오던 그 날까지
깊은 잠도 못 주무셨다 하셨네.
호미 끝 풀 한뿌리에도 아들 얼굴이 보이고
나락 끝 여물어진 이삭도 아들 얼굴이었다 하셨네.
사무친 우리 어머님 사랑이 아들 가슴에 내려와서
오늘도 꿈속에서 어머님 모습이 떠오르네.

아버지 말씀

"시간을 아껴 써라!" 늘 하시는 말씀이셨다.
장흥 지씨가문 500여 년 전통을 지켜 오신 아버지
우리 집만 역사를 지켜오셨다.
한 치의 실수도 하지 말고 살라는 말씀이셨다.
오직 가문의 명예를 중요시하셨다.
틈틈이 매를 들고 호령하시던 아버지
막내아들이라 사랑도 더 많이 하셨지만
매도 남달리 더 많이 들으셨다.
철없던 시절이라 옳고 그른 것을 잘 분별 못 해
분잡하기만 하였다.
강인한 정신을 막내아들 나에게 심어주시던 아버지
한 점 한 점 돌아보니 아버지 말씀이 더욱
크게 크게 보입니다.

내년이면

내년이면 산허리(산중턱)를 넘어갈 텐데
그 안에 글을 더 써야 하지 않을까?
갈수록 안 보이고 볼수록 머리가 무겁다.
이 일을 어찌할 거나 잡아주는 이도 없으니 말도
못 하고 안과 박사님도 별수가 없다 하시니 부탁도
안 되고 돌아서 문밖을 나오려니 누구 한 사람
만나기가 민망하구나.

꿈속에서

생각지도 않았던 어머니가 꿈속에 보였다.
어머니 모습이!
내가 자라던 우리 집에서 보았다.
잠을 깨 일어나 보니 어머님은 안 계시고
시간은 자정이 넘었다.
그날의 그 시절을 기억해 보았다.
고향에는 비가 많이 온다는 뉴스를 보았다.
걱정되었다.
어머님 묘지가 이상은 없는지?
돌아볼 사람도 없고 챙겨줄 사람도 없는데
그리던 어머님을 꿈속에서 만났네요.

제5부 가버린 그 날들

어머니 내 생일날입니다

어머니는 꽃잎 따다가 막내아들 손에다 쥐여주시고
어머니는 보리밥 속에서 쌀 많은 웃밥 떠서 아들
먹이셨다.
어머니는 맛난 것도 막내아들에게 다 먹여 키우셨다.
세상천지 그 어디에도 어머니 같은 분이 있을까?
낳아주시고 길러주신 우리 어머니!
천지 안에 하나밖에 없는 어머니!
사랑이었네!
오늘 나를 세상 밖으로 나오게 하신 날입니다, 어머니!

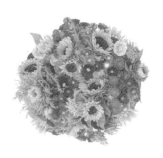

기다림

나 잠깐 들렀다 간다고 하시게!
나도 왔다가 금방 갔다고 하시게!
나도 기다리다가 바빠서 약속이 있어서 그냥 갔다고
말씀드리시게!
다녀간 내 친구들이 자리에 있던 친구보고 해둔
말이었다.
친구들이 왔다 가면 그저 반가웠다.
누가 왔다 가도 반갑고, 누굴 만나도 반가웠다.
그 자리는 항상 그 사람 방장(저자)이 기다린다.
말 못 하는 하얀 비둘기도 흔적을 꼭 남겨놓고
다녀갔다.
내가 없어도 왔다 갔다고 표시를 해두고 간다.
이제는 횟수를 알기 위해 접시에다 담아뒀다.
왔다 가면 조금씩 쪼아 먹고 간다.
나는 또 쌀을 채워서 평평하게 골라놓는다.
다섯 번 왔다 가도 채워두고 열 번을 왔다 가도
채워둔다.
이렇게 기쁠까? 이쁜이 내 친구 하얀 비둘기가!

생일날

돋아나는 새순처럼 또 돌아 나왔다.
갈수록 가까워진 그 날이 오는데
새순처럼 한 해 두 해가 바싹바싹 오는구나.
어제 오신 친구들이 기쁨 주고 갔는데
늙지 말라는 건배주는 왜 그렇게도 씁쓸할까?
74 얕은 고개라도 넘어오니 힘들구나.
철썩 찰싹 엎프러져 살아온 길에 친구들이 최고였다.
날마다 얼굴 보면 마음은 뜬구름일세.
안 보면 무얼 할까?
"걱정 마!" 나 혼자 위로해본다.
연식 따라 달리는 차도 가다 오다가 서는데
우리네 가는 길은 장애물도 없는가?
쉬어가세! 놀다 가세! 우리 아직도 청춘일세!

죽마고우들

도랑가에서 물놀이 함께했던 동무들 그때가
한여름이었다.
거머리가 우글거리는 수초 속을 더듬으면서 붕어
잡고, 미꾸라지 잡고, 피리 새끼, 뱀장어도 잡았지.
한참 동안 수초 속을 뒤지다가 서로 마주 보면
거머리가 여기저기 달라붙어 있었다.
어찌나 영리한 놈인지 얇은 피부에만 붙어 있었다.
겨드랑이에도 사타구니에도 붙어서 빨고 있었다.
그런데 체면도 없이 너무 심하다고 껄껄 웃어댔다.
재미있게 놀다 보니 입술은 푸르고 손과 발바닥은
물에 불어서 하얀색으로 주름져있었다.
그때 그 시절 그 동무들 다 어딜 가고 지금은 어디서
무얼 할까?
1963년 하나둘씩 흩어져 떠나고 그 후로는 소식을
알 수가 없다.
어쩌다 동창생, 고향 후배들을 만나면 벌써
갔다는구나. 이 좋은 세상에서 한번 잘살아 보지도
못하고 갔다는구나.

하나둘씩 안부를 물으면
"그 친구? 야~ 벌써 간지가 언젠데!"란다.
더 좋은 세상에서 우리 어릴 때 그 시절 기억하며
평안을 빌어본다.
봄비 속에 문득 동무들 생각이 난다.

기다리는 눈망울

먹을 때가 되면 미리 날아와 기다리는 눈망울
참새도 비둘기도 화단을 누빈다.
보이지도 않던 까치와 까마귀는
생선토막이 있는지를 어찌 아는지 금방 날아와서
서성거린다.
요놈들 눈치 하나는 사람도둑들보다 더 빠르다.
그리고 생선회가 비싼 걸 더 잘 알고 있다.
최고급 연어회부터 먼저 물고 날아간다.
고등어나 조기 새끼 토막은 쳐다도 안 보고 있다가
생선회가 다 떨어지면 그때야 물고간다.
흰 비둘기는 아침 7시에 왔다 가면 2시간 반이
지나서 또 찾아온다.
요즘에는 검은 새끼 비둘기도 달고 찾아와서
모이통을 확 흩트려놓는다.
어미와 둘이 왔는데도 작은 접시라고 투정을 부린다.
얼른 가서 딸기를 담았던 플라스틱 그릇에다 쌀을
몽땅 담아주면 생떼를 안 부린다.
양껏 먹고 나면 꼭 한 가지 흘리고 가는 것이 있다.

영역 표시인지 고맙다고 인사를 하는 것인지 살짝
그것을 싸놓고 간다.
철없는 새끼 비둘기는 천진난만해서 왔다 가면
마구잡이로 여기저기 흩뿌려 놓고 간다.
어미 비둘기는 왔다 가면 쌀 한 톨도
흩트리지 않고 깔끔하게 먹고 간다.

기다리는 친구

점점 멀어져 간다. 소리가 멀어져 간다.
목소리 들은 지가 언제였을까!
얼굴 그리려 해도 아물거린다.
낡은 옷 벗을 때가 다가오니 기억도 흐려진다.
전화를 들고나면 번호가 몇 번인가 더듬더듬!
시계추 흔들리듯 머릿속도 굴러간다.
친구야! 용선아! 영감아!
멀리 가더니 더 멀어지는구나!
"한 잔 더 채워줘!"
큰 잔 들고 피식 웃던 자네가
이것은 40도 양주야?
맥주 글라스에 가득 채우란다.
"마시면 죽어!"
아랑곳하지 않는 신용선 내 친구!
"지금 죽어도 호상이야!"라니 할 말이 없다.
술만 있으면 부러울 것이 없던 친구가
요즘은 전화 한 통도 안 온다. 친구 용선이가!

하얀색 코르덴바지

시골 한구석 버스도 안 다니는 곳의 조그마한
초등학교였다. 어린 나는 일제 감색 사지 옷을 입고
검정 모자를 쓰고 다녔다.
친구들이 만져 보고 부러워했다.
어느덧 상급생이 되었다. 추석이 돌아왔다. 어머니는
새 옷을 사주셨다. 처음 본 하얀 코르덴바지였다.
어찌나 희고 깨끗한지 만져 보기도 아까웠다.
앞닫이(반닫이) 속에다 접어 넣어두고 학교 갔다 돌아오면
한 번씩 만져봤다. 명절 때마다 한 번씩 입고 깨끗이
소중하게 보관해 두었다.
어느덧 두 해가 지났다.
설날에도, 소풍 갈 때도, 추석에도 입었던 옷이었는데
그만 작아서 못 입게 되었다.
오늘 아침 사랑하는 마누라가 새 여름 양복을
내놓는다. 문득 어린 시절 어머님이 사주신
하얀 코르덴바지가 생각난다.

* 앞닫이 : 앞면 상판의 반을 아래로 젖혀 여닫는 궤.

시집신고 하는 날

87세 논객 남재희 전 장관님을 모시고
내가 쓴 시와 산문들을 보여드리는 날이다.
코로나 19로 인하여 한동안 만나 뵙지를 못하였다.
오늘은 조심조심하면서 김종상 고문님과 장희구
문학박사님 그리고 전 강서문화원장을 역임하신
김병희 회장님도 함께 한자리에 모시고 내 글을
선보여 드렸다.
2년 동안 1,000여 쪽을 써 모아둔 시를 골라서 3권의
책으로 출판을 했다.
서투른 글이지만 오늘 우리가 살아온 삶들을 문자로
남겨 봤다. 돌아보면 얼마나 힘들게 살아왔는지를
되새기게 한다.
시집 『시 속의 농부』, 『파고든 가슴』과 산문집 『먼 길』을
이렇게 시중에 내놓고 다시 또 나를 돌아봤다.
김종상 고문님과 남재희 전 장관님을 모시고 우리
옥상정원에서 시작하여 오늘에 이르렀다.
두 분의 권유와 충고를 힘입어 벌써 11권이나 시중에
내놓았다.

그래서 써낸 글이 책으로 나오면 먼저 보여드리고
있다. 오늘 점심을 잘 모셔야 신고가 끝난다.
두 어르신께 깊은 존경과 사랑으로 인사를 올린다.
이번에는 고향 선배이신 장희구 문학박사님도
함께 모셨다.
내 글을 보시고 선뜻 평설을 덧붙여 주셨다.
이번에는 고향 사투리를 많이 찾아 써봤다.
하나하나 평설을 해주시니 더더욱 반갑고,
감사하였다.

울라브 하우게 고향

영상으로 노르웨이 나라를 텔레비전으로 둘러
보았다. 뤼세 피오르드는 유명한 관광지였다.
정상은 온통 설산이고 눈이 녹아내리는 폭포는 마을
어귀를 내려다보며 장관을 이루었다.
푸르고 맑은 호수는 굽이굽이 흐르고
강가에 옹기종기 모여있는 예쁜 마을들은
어느 곳 하나 관광지가 아닌 곳이 없었다.
바위산 전망대 위에서 바라다보면 설산과 절경이
대화하고 있는 것처럼 보였다.
뷔르게 항구는 옛 수도였다고 한다.
베르겐은 대구잡이 어업이 발달하여 풍어를 누렸고
클립피스와 퇴르피스크 말린고기와 음식이
명품이었다.
이곳은 잠을 자나 일을 하나 시속의 도시였다.
어느 곳 하나 비워둘 수가 없는 나라 노르웨이!
울라브 하우게 시인을 다시 한번 그려본다.

그냥그냥 살자

살기가 힘들었던 1960년, 그림자만이 나를 따랐다.
꿈도 희망도 보이질 않았다.
무작정 헤쳐나가기 위해 몸부림쳤다.
참아온 설움이 힘에 부쳤다.
너도나도 서로가 어려웠던 시절에 지방 각처에서
모여든 서울, 각양각색의 사투리가 서울을 장악했다.
직업조차 잡지 못해 헤매던 그 시절이 주마등처럼
스쳐 지나간다.
주름진 60년이 어느덧 훌쩍 가버리고 산마루에
앉아서 한숨 쉬며 흘린 눈물 나 죽는지도 모르고
죽기 살기 여기까지 왔다.
살다 보니 어느새 뉘엿뉘엿 저물어가고 시들은
잡풀 한주먹 손에다 쥐고 소 꼴 베던 어린 시절은
멀어진 지도 오래고 객지 타향 파고든 쓰라림도
멀거니 나를 보니 울적한 내 가슴이 손끝까지
저려온다.

기억들

나 어릴 때 아버지는 이렇게 사셨다.

농촌에서 쌀밥 먹고 실기가 어렵던 시절이었다.

벼농사 지어서 가을에 타작하면 즉시 벼를 정부에다

매상하였다. 매상할 때는 1등급을 받아야 이익이었다.

그냥 쌀로 찧어서 파는 것보다 소득이 높았다.

1등급을 받으려면 풍로로 부쳐서 쭉정이를

날려버리고 튼실한 나락만 걸러내어 햇볕에서

건조를 잘 시켜야 검사를 받을 때 합격했다.

여기저기 볏가마니를 꾹꾹 찔러서 깊숙한 속에서도

골고루 잘 말렸나 보는 것이다.

이렇게 해도 풍년이 들면 쌀값이 떨어져 농촌에서

살아가기란 힘든 일이었다.

농사철이면 일이 넘쳐나는데 갑자기 손님이라도

오시면 여간 어려운 일이 아니었다.

오래전에 동네를 떠나 멀리 이사 또는 직업상 가신

분들이 오시면 소중하게 아껴두었던 쌀로 밥을

지어서 사기 밥그릇 또는 놋쇠 밥그릇에다가 한가득

넘치게 담아서 밥상을 융숭하게 대접을 해드렸다.

손님이 가실 때 아버지는 나를 불러 마을에 가서
쌀 장사께 쌀 돈 미리 선불로 가져오라고 하셨다.
그 돈은 보통 쌀 한 되 값으로 180환 정도를 손님께
드렸다. 가끔은 먼 곳에서 오신 분이 계실 때는
더 많은 돈을 드리곤 했다.
농촌에서는 쌀 장사하시는 분이 은행 창구 역할과
같았다.
우리 동네 순초(쌀장사 이름) 아줌마가 인기였다.
우리 아버지는 신용이 좋으셔서 쌀 한 되, 한 말 또는
한 가마, 두 가마 값도 서슴지 않고 즉시 미리 주셨다.
이렇게 아버지 생활 모습을 보고자란 나도 똑같이
멀리서 오신 귀한 손님들께는 여비를 드리고 있다.
그러다 보니 나의 삶도 한층 더 즐거웠다.
혹여나 못 드리고 보낼 때는 한동안 마음이 편하지가
않았다.
그래서 지금도 가능한 한 꼭 여비를 챙겨드리고 있다.

대종손과 며느리

각박한 삶 속에서 10남매 중 둘은 먼저 하늘나라로
보내고 8남매 등에 지고 손발이 저리도록
땅을 일구시던 우리 아버지 어머니!
어쩌다가 이 고생을 하십니까?
대종손으로 태어나서 대대로 그 짐을 받아지고
살아오셨다. 평생을 일에 녹아 밤잠도 못 주무시던
우리 부모님!
한평생 자식을 위해 쉬지도 못하셨네.
대를 이어 가문을 지키시다가 훌쩍 가신 우리 아버지
뒤를 이어 어머님이 그 자리를 채우고 살아오셨다.
어머니는 우리 8남매를 당당히 길러내셨다.
그 정성 그 고생을 누가 알겠소?
어머님이 떠나신 뒤 철모르던 자식들이 어느새
환갑이 훌쩍 지나니 이제야 어머님이 보입니다.
허리가 휘어지시도록 일만 하셨던 어머님!
땅거미도 그만하라고 등을 떠미셔서
허리가 굽으셨다.
사랑하는 우리 어머님!

8남매 키우시느라 맛난 음식 한번 못 사 잡수시고,
따뜻한 옷 한 벌도,
편안한 잠 한숨도 제대로 못 주무셨던 어머님이
내 눈가에서 이슬로 지워집니다.
어머니! 우리 어머니!

가버린 그 날들

1967~8년 서울 거리는 더러웠다. 잘살아 보겠다고
모여든 서울, 일마나 일거리를 찾았다.
끼니 걱정하던 시절 청계천 복개천 밑에 살던 수많은
사람 속에 나도 아는 분이 계셨다.
초대받아 복개천 터널 속을 들어갔다.
냄새가 진동하였다. 엉켜 사는 사람들 틈에서 따뜻한
차 한잔은 사랑이었다.
그렇게 살고 있었다.
답십리 하수천 위에도 통나무를 박아 세우고 집을
짓고 살았었다.
공군 참모총장 주영복 사령관을 모시던 박○○
상사와 함께 찾아가 봤다.
냄새 소리는 흐르는 하수를 따라가고 둥둥
떠내려가는 ○덩이는 그 시대를 춤췄다.
그 위에 방 하나 걸쳐짓고 모여 사는 곳의 따뜻한
찻잔은 내 가슴을 울렸다. 주인은 건설현장 목수였다.
어쩌다가 인연이 되어 흐르는 오수(汚水) 위에 앉아서
마신 차향은 오늘도 잊을 수가 없다.

어제 하루

2020년 6월 10일 아침 9시 날씨는 좋았다.
기쁜 마음으로 남재희 전 장관님께 가는 길이었다.
단골 과일 집으로 차를 돌렸다.
2차선 길이라 다시 와야겠기에 후진으로 가게 앞에다
바짝 붙여 세웠다. 파킹으로 P자를 누르고 다시
레버를 확인하고 내렸다.
과일 집 아저씨가 밖에 서 있어서 그분을 보며
"과일 좀 주세요!"
말하는 몇 초 사이에 내 승용차가 그만 좌측으로
꺾어져 경사면을 타고 굴러 내려갔다.
차를 뒤에다 세워두고 과일을 보는 순간이었다.
나이가 드신 아줌마가 "아저씨!" 하고 부른다.
급하게 "차 좀 보세요!"
"왜요?"
벌써 내 차가 10m 좌측으로 꺾어져 내리막길을
굴러가는 순간 올라오던 아줌마 차와 정면으로
충돌하였다.
차에는 5살 정도 돼 보이는 꼬마 어린이가 타고

있었다. 3대 독자 손자란다.

놀랄 일이었다.

어찌 이런 일이!

곁에 주변 사람들이 5명이나 있었는데도 보고만 있었다.

출근 시간이라 차들이 많이 지나가도 내 차가 천천히
좌회전으로 꺾어 내려가니 비켜서 있었다.

짧은 순간에 충돌한 차는 다행히 살짝 부딪쳐 큰
사고를 막았다.

경사를 올라오던 아주머님께 미안하고 감사했다.

이분이 아니었으면 대형사고로 이어질 뻔하였다.

급하게 보험사 직원을 부르고 기다렸다.

양쪽 모두 보험에 가입되어 있었고,

보험사 직원도 친절했다.

멜론 한 상자 사 들고 급히 마포로 달려갔다.

남재희 전 장관님 부인께서 아파트 앞에 나와
기다리고 계셨다.

약속 시각이 1시간이나 늦었다.

늘 주시는 책은 현시대를 내다볼 수 있는 정치적

대담들이었다.

헌정사와 비화들을 실은 월간 『황해문화』 잡지였다.

장관님 말씀이 페이지를 장식하였다.

11권을 받아들고 돌아오는 길에 곰곰이 생각을 해봤다.

어찌 이런 일이!

모르는 아주머님께 다시 한번 미안함과 죄송함을
빌어본다.

언제나 조심조심 평생을 조심조심해왔다.

오늘 새벽에도 그분의 건강과 무사를 위해
기도드린다.

흰 비둘기 모성애

세상에 모성애는 누구도 못 속인다.
흰 비둘기가 이번에 알을 부화해서 새끼비둘기를
내 사무실 입구로 데려왔다.
내가 모이를 줬는데 새끼 비둘기가 흘리고 먹으니
어미는 즉시 계단을 내려가서 흩어진 모이를 모두 다
주워 먹고 다시 올라왔다.
새도 이러하거늘 인간도 못된 사람들은 자기 새끼를
가방 속에 가두고 굶기니 어찌 인간이라 하겠는가?
날마다 오전 오후 두 번씩 찾아와서 내가 주는 모이를
잘 받아먹는다.
그리고 내 말도 알아듣는 흰 비둘기다.

훗날의 오늘을

초판인쇄 · 2021년 5월 14일
초판발행 · 2021년 5월 29일

지은이 | 지현경
펴낸이 | 서영애
펴낸곳 | 대양미디어

04559 서울시 중구 퇴계로45길 22-6(일호빌딩) 602호
전화 | (02)2276-0078
팩스 | (02)2267-7888

ISBN 979-11-6072-079-2 03810
값 13,000원